衛斯理系列 少年版 07

頭髮

下

作者：衛斯理

文字整理：耿啟文

繪畫：余遠鍠

老少咸宜的新作

　　寫了幾十年的小說，從來沒想過讀者的年齡層，直到出版社提出可以有少年版，才猛然省起，讀者年齡不同，對文字的理解和接受能力，也有所不同，確然可以將少年作特定對象而寫作。然本人年邁力衰，且不是所長，就由出版社籌劃。經蘇惠良老總精心處理，少年版面世。讀畢，大是嘆服，豈止少年，直頭老少咸宜，舊文新生，妙不可言，樂為之序。

倪匡　2018.10.11. 香港

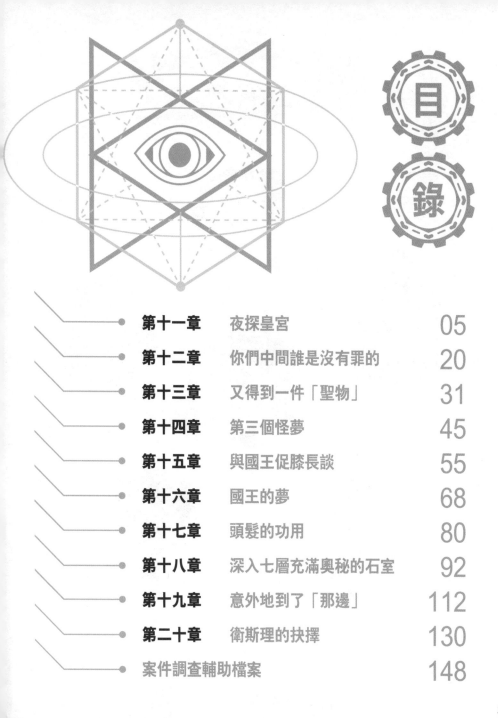

主要登場角色

白素

巴因

柏萊・利達

衛斯理

尼泊爾國王

御前大臣

第十一章

夜探皇宮

　　雖然與白素失去了聯絡，但我並不十分擔心，因為白素的應變能力在我之上，連在 **黑軍族** 中都能履險如夷，應該沒什麼可以難倒她。反而我首先想到的，倒是辛尼。

　　我立即打電話到那家 **精神病院**，找到了辛尼的主診醫生，我說：「醫生，我是衛斯理，曾送過一個叫辛尼的病人進你們病院。」

　　那醫生居然能馬上記起，「我記得，關於那病人──」

5

我忙道：「對不起！這是一個可怕的誤會，他不是**瘋子**，我會馬上接他走，一切全是我不好！」

醫生的語氣有點**哀傷**，「不，是我不好。」

「什麼？」我很訝異。

醫生解釋道：「我為他檢查過後，發現他很正常，所以就讓他離開了。」

我立時舒了一口氣，「那就好。」

「**不好！**」醫生激動地說：「幾天後，警方找到他的屍體，他**自殺**了！」

「什麼？」我驚呼。

醫生自責道：「是我疏忽，你把病人送來，我卻沒有察覺出他的毛病，竟把他放走了，造成這個悲劇。警方說，他自殺前在牆上留下『**我回去了**』這幾個字。」

我回去了

我把事情告訴了柏萊，柏萊一點也不悲傷，只是感到**疑惑**，「他真的回去了？他沒有那個儀器，如何回去？還是他已經弄到一部新的儀器？」

我一直很**難過**，總覺得辛尼的死，我和柏萊都有責任。

休息了一夜，我和柏萊就開始在大街小巷尋找巴因。

我們分別問過很多人，都說在四天之前遇到過巴因，但之後就未曾見過他了。一直到傍晚，才有一個老人說：「我四天前見過他，那時他和一個很**美麗**的女子在一起。」

我靈光一閃，用手機給他看白素的照片，問道：「是這個女子嗎？」

「對！對！就是她！」老人說。

白素正好是四天之前到達加德滿都的，她可能一到埗就遇上了巴因，但是她和巴因一起到了什麼地方去呢？

柏萊說：「照我推測，巴因的古物一定是從你曾經到過的那七層石室中得來的，我們可以先到那裏去看看，說不定他們就在那裏！」

我同意，於是又租了一輛吉普車，疾駛飛馳，到了我記憶之中那石屋的所在地附近停了車，「應該就在這裏附近了。」

可是當我們站起來，四周看看時，卻沒有見到任何建築物。

柏萊以 **疑惑** 的目光望着我，「你真的記得，就在這裏？」

「我絕對沒記錯！」我 **跳下了車**，向前走去，柏萊跟在我後面。

我盡量回憶當日的情景，那古怪的石屋應該就在我面前的位置，可是現在這裏卻 **空無一物**！

就在這時，在我身後的柏萊忽然叫了起來：「**有人來了！**」

我抬頭看去，看到一輛十分華貴的房車疾駛而來，車門上還有一個 **尼泊爾國王** 的徽飾。

車子在我們面前停下，我看到坐在前座的正是御前大臣，而後座還有一個人坐着，但看不清楚。我的心 **怦怦亂跳**，盡量躲在柏萊背後，希望御前大臣看不清我的樣子。

御前大臣十分不客氣地喝問我們:「你們是什麼人?在這裏幹什麼?」

柏萊顯得有點 **惱怒**，我連忙在他耳邊提醒：「他是御前大臣。」

柏萊的應變能力出乎我意料之外，他立刻攤着手說：「我是遊客，迷了路，要怎樣才能回到酒店去？」

御前大臣盯着柏萊那副土人的容貌，然後側着頭想看清我的臉，我盡量躲着不讓他看到，柏萊 **機靈** 地大聲對我

説：「亨利，不必怕，這位先生看來是軍官，一定可以指點我們回去！」

我含糊地答應了一聲，御前大臣 **警告** 道：「這一帶已被列為 **軍 事 禁 區**，你們快離開這裏！」

御前大臣指了一個方向，示意我們往那個方向離開。柏萊連忙説：「對不起，我們馬上離開。」

御前大臣的車子開走了，我們也回到吉普車上，我笑道：「你真有辦法，要是被御前大臣看到了我，事情就麻煩了！」

柏萊吸了一口氣，「車中不止一個人，你注意到嗎**？**」

「我看到了，那個人看來

地位比御前大臣還要高，應該就是**國王**。」我說。

柏萊望着我，「我相信你沒有記錯，那石屋一定就在剛才我們站着的那個地方。」

「事情看來很不簡單，國王和那古怪石屋之間有着某種**聯繫**。」我說。

柏萊點頭道：「國王一定有不可告人的 **秘密**，想查出真相，我們必須潛入皇宮調查！」

我立刻 **大驚** 說：「柏萊，偷進皇宮不是鬧着玩的，一旦被發現，後果如何，你應該——」

柏萊粗魯地 **打斷** 了我的話頭：「我不管，**我要回去**！任何對我回去有一絲幫助的事，我都要去做！」

柏萊的態度，使我感到他為了「回去」，簡直有點不

擇手段**！**

　　我想了一想，說：「既然這樣，就讓我一個去好了，至少我去過兩次，比較熟悉。」

　　柏萊很高興，「好，**趁今晚就去！**而我就繼續去找巴因和白素，一有消息，立刻到酒店會合。」

　　開車回到市區後，我們便分頭行事。

　　我在**黑夜**中前行，來到皇宮圍牆的一邊，迅速地攀上牆頭，再竄進建築物的陰影中。當走到一條很長的

走廊時，突然傳來一陣 腳步聲，我連忙躲進一條大柱之後，屏住氣息，竟聽到國王和御前大臣在交談！

　　國王説：「這東西搬到宮裏來了，他可滿意？」

　　「哼，那傢伙根本忘了世世代代的祖訓，只要有錢、有酒，他就可以偷了祖傳的 古物 出售。我敢説，他遲早會將整座東西賣給人家！」

　　我心中「啊」了一聲，他們在説的那個人是巴因！那麼，搬到宮裏來的那東西又是什麼？

　　我看到國王和御前大臣在我前面走過，來到一扇門前。御前大臣取出了一柄相當巨型的 鑰匙，將門打開，讓國王先進去，然後他自己也跟了進去，隨即將門關上。

　　約莫二十分鐘後，他們走了出來。國王的神色很**迷惘**，御前大臣小心翼翼地上着鎖。我看到他這樣認真地上鎖，就覺得好笑，因為這種鎖，我可以用最簡單的工具，在半分鐘之內打開它！

　　國王嘆了一聲，「我真想到那七間石室冒一下險，在那最下層的石室中，弄出些**亮光**來，看看會有什麼事發生。」

　　御前大臣臉色**發青**，「陛下，萬萬不可！既然有這樣

的禁例，一定會有非常嚴重的後果，陛下千萬不要再去想它了！」

國王不再說什麼，兩人漸漸走遠。等他們走了後，我取出一根鐵絲來，撥弄着那把鎖。不到半分鐘，我就打開了鎖，推門進去。

在我面前的，正是神秘石屋中被供奉着的那座不知名物體！而且，連放着它的石壇，石壇旁環繞着的香燭，也一同搬了過來！

第十二章

你們中間
誰是 沒有罪 的

我在房間裏逗留了近半小時，雖然那件東西被當作「神像」一樣供奉着，但它看起來根本就是一件極其精巧的 機械 部分，它本來可能是一輛車或飛船之類的東西，受到了 猛烈撞擊，才變成這個模樣。

我不能在皇宮逗留太久，於是走出那房間，將門鎖好，然後從原路回到圍牆之下，攀上圍牆，順利地 翻 了 出去。

我放慢腳步，向前走着，突然聽到黑暗中傳來一下 淒厲 的叫聲。

　　我向着那叫聲的源頭疾奔過去，轉過了兩道牆角，聽到一陣急速的喘息聲，並且看到了巴因。

　　巴因神情驚慌，臉容**扭曲**，一柄鋒利的尖刀正抵在他的咽喉之上！而手握尖刀的人，**正是柏萊！**

　　柏萊在幹什麼？他想殺巴因？他何以變得這樣兇狠？我雙手握着拳，正想衝出去，柏萊已狠狠地説：「你不認得我了，是不是？我還要一件你出售過的古物，你一定要找來給我！」

　　巴因很**驚恐**，「沒有了！那地方已經被封起來。我已將所有東西全賣掉了**！**」

　　柏萊厲聲道：「不行，我一定要，你不給我，**我就殺了你！**」

　　巴因啞着聲叫了起來：「你不能殺我！我是受國王特別保護的人！」

柏萊「嘿嘿」冷笑着，「我才不理會什麼國王！阻礙我回去的，**連國王我也要殺！**」

我早就覺得柏萊有點不對勁，但絕未想到會變得這樣嚴重！

就在這時，一陣腳步聲傳來，同時有人叫道：「**柏萊！**」

那是白素的聲音！柏萊立刻調轉刀柄，將巴因打昏，拖進一條小巷子中，然後迅即又若無其事地走了出來，一下子從**邪惡**的神情變成一副忠厚老實的樣子，向前來的白

素迎了上去！

我也大叫一聲：「**柏萊！**」一面叫，一面向他們走去。

柏萊的神情很錯愕，而白素一見到我，便高興地跑過來，和我握住了手。

柏萊**緊張**地問我：「你⋯⋯來了有多久？」

我裝作什麼也沒看到過，「剛剛才來，你是怎麼找到白素的？」

柏萊説：「我一回到酒店，她已經在了。」

我盯着白素，「你為什麼過了四天才來和我們會合？」

「説來話長——」

白素才説了一句，柏萊已急不及待問我：「**你到皇宮去，可有什麼發現？**」

我本來想告訴他的，但剎那間，我改變了主意，我裝

出一副 **不忍** 的神情來，「你為什麼不問我在皇宮中被衛

兵和狼狗追逐的情形？」

柏萊呆了一呆，沒再說什麼，白素道：「我們回酒店

再說吧，柏萊，你沒有追上巴因 **？** 」

「沒有，你們先回去，我還要去找他。」柏萊說。

他不肯和我們一起回酒店，自然是準備在我們走了之

後，再去逼巴因交出記錄儀。

我故意裝出很 **高興** 的神情來，「有巴因的 **下落**

嗎？我和你一起去找他吧。」

柏萊揮着手，「不必了，這裏的街道我很熟悉，我找

到了他，一定將他帶到酒店來。」

我若無其事地笑着，「那你自己小心。」

白素好像想開口說些什麼，但我拉了拉她的手，和她

一起走了開去。

　　一轉過牆角，白素立時以一種 疑惑 的眼光望住我。

我低聲道：「我帶你去看一些東西！」

　　白素的神情很疑惑，我帶着她，來到了柏萊將巴因拖進

去的那條巷子的另一端，低聲道：「**小心，別發出任何聲音來！**」

　　我向巷子裏一指，巷子頗暗，隱約可以看到兩個人站

着，其中一人被按在牆上，呻吟道：「你為什麼要殺我？

我根本不認識你！」

　　「**我是柏萊！**和辛尼在一起的柏萊！你曾經賣過

一件古物給我們！」

巴因驚訝地說：「你為什麼會變了樣子？」

「全是你那件古物的緣故，我還要一件，你還有多少這樣的古物？我全要！你不照實講出來，**我就一刀將你割死！**」

白素突然向前奔出一步，我慌忙將她拉了回來，可是柏萊已察覺到聲音，追出去大喊：「誰**？**誰在那邊**？**」

我急忙拉着白素**逃跑**，白素一邊走，一

邊吃驚地問我：「天啊，剛才那個是柏萊？」

「對，是我們熟悉的柏萊。」我說。

白素望着我，「你早知道他是這樣的？」

「不！我也是才知道不久。」

白素有點 **擔心** ，「他會不會殺巴因？」

「現在我們已經引開了柏萊，相信巴因會懂得趁機逃跑的，他是這方面的專家。」

我們回到酒店，途中我已經將辛尼 **自殺** ☠ 的事告訴了白素。白素和我有着相同的 **疑問** ，「辛尼真的回去了？他是怎麼回去的？他有儀器嗎？」

我嘆了一口氣，「相比起柏萊，我認為辛尼成功回去的機會 **更大** 。」

白素明白我的意思，「剛才的柏萊，簡直像 **邪惡** 的化身！如果這種邪惡是來自我們祖先的遺傳，那麼，難

怪我們的祖先會被驅逐到地球來。」

我剛想說話，但白素立即苦笑道：「其實我們也沒有資格責備柏萊——**你們中間誰是沒有罪的，誰就可以先拿石頭打她！**」

我不禁**苦澀**地笑了起來，的確，我們每個人，或多或少都有罪惡。

我問白素：「你來了已經四天，這四天發生了什麼事？」

她說：「我一下飛機，本來準備立刻到酒店來，可是，竟讓我碰到了巴因，他向我走過來說：『小姐，歡迎你來到 **尼泊爾**。你可想買一件尼泊爾 **古物**？那是絕無僅有的，再也不會有了！』

「當時我一聽他這麼說，便問他怎麼稱呼，他果然就是巴因。於是我說：『我對古物很有興趣，但只怕買到假貨！』

巴因  指天發誓，樣子極其誠懇。我當然不肯錯過這個機會，問他古物在哪裏，他說可以帶我去看。」

　　白素講到這裏，我已急不及待地問：「你又得到了一個記錄儀？」

　　白素點點頭。

第十三章

又得到一件「聖物」

「柏萊知道你得到了記錄儀嗎**?**」我問白素。

白素搖頭道：「不，我還沒告訴他。」

「那東西呢？」

白素打開一個衣箱，揭起了上面的一層衣服，下面就是那個記錄儀。雖然外形和辛尼、柏萊那個略有不同，但結構完全一樣。

我深吸一口氣，「如果將頭靠在這東西上，進入 **睡眠狀態**^Z^Z 的話，就可以有『 **夢** 』。你試過了嗎？」

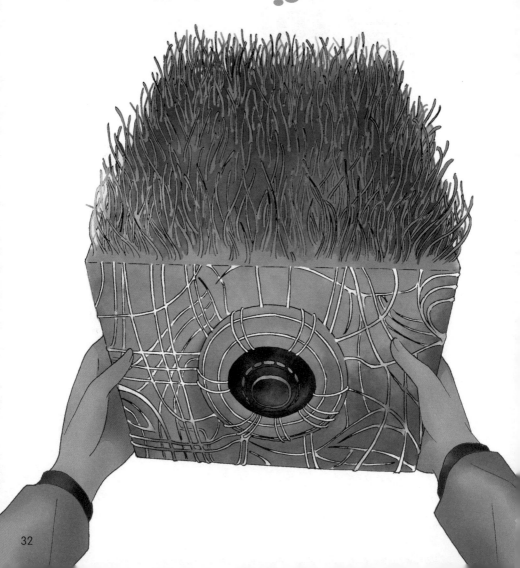

白素搖頭道：「我今天才得到它，而且，我不想一個人單獨試用它。」

我想了片刻，「那麼等我們想睡的時候再說，先把它收起來，**別讓柏萊知道！**」

白素立時將箱蓋蓋好，放回原來的地方，然後將她和巴因之間所發生的事講述了一遍。以下就是她這四天的遭遇：

白素遇上巴因後，交談了沒有幾句，巴因已**急不及待**地替白素提着衣箱，「我現在帶你去看，再不去，就沒有機會了！」

白素租了車，依着巴因的指示，開往目的地。到達時，天色已經**黑**下來了。白素沒見到那間石屋，因為石屋已被拆去，只看到一塊塊整齊的大石被運走，還有一件相當**龐大**的東西，被小心包裹着，運上一輛卡車，那就是我後來在皇宮中看到的那個不知名物體。

在場工作的全是軍人，**禁止** 🚫 任何人接近，但巴因向阻住去路的軍人喊道：「**是我！**看清楚了，是我！」

他叫嚷了幾聲，軍人看清楚他的樣子，便讓他的車子駛了進去。

巴因的神情十分自負，「小姐，你看到了，整座古老建築都要拆除，這是尼泊爾境內**最古老**、**最神秘**的建築！」

白素故意説：「在最古老的建築之中，一定有真正的古物了！」

巴因很 **高興**，「當然，所以價錢會貴一點。你看，屋子拆掉了，屋子下面的古物，以後就再也沒有機會出土了！」

白素笑道：「你放心，我出得起價錢，我可以先給你一千美元。」

白素果然數了一千美元給巴因。巴因接了 **鈔票** 在手，興奮地說：「這間屋子本來屬於我們族人，可是我們一族只剩下我一個人了，所以一切都屬於我！也只有我，才有進入地下室的 **鑰匙**！」

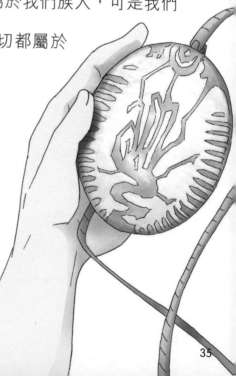

他拉出頸繩，繩子末端結着一塊掌心大小，大約半吋厚的圓形鐵牌，展示給白素看。

白素看到那塊圓形鐵牌上，有着許多極淺的 **紋路**，絕不

是一柄普通的鑰匙，而是一柄高級的 **磁性** 鎖鑰匙！

車子來到石屋原來的位置，石屋所在的地面已經被封了一大片，只剩下一個兩呎見方的 **方洞**，有軍人正剷着水泥，準備把洞封掉。

巴因從車上跳下來，叫道：「**等一等！**」

一名高級軍官走了過來，對巴因十分不耐煩，但是又不敢得罪他，「什麼事？」

巴因指着那個方洞，「我還要下去一次，拿點東西出來 **!**」

高級軍官答道：「我可沒有接到這樣的命令，我收到的指示是——」

他才講到這裏，巴因已伸手搭上他的肩頭，在他耳邊講了一些什麼，然後悄悄把一些東西塞進那高級軍官的手裏。

「那麼你快點，速去速回。」高級軍官說。

巴因應了一聲，然後向白素說：「你等着，我下去很快就回來。小姐，你得答應我，絕對不能向任何人說起你得到**古物**的情形。」

白素答應道：「沒問題，我和你一起下去吧！」

巴因堅決拒絕：「不行，這神廟**絕對不准** 🚫 外人進入！自從佛祖和他座下的七尊者進過這座神廟之後，除了我們這一族的族人之外，就沒有人進入過！」

「佛祖？」白素 ?質疑? 道。

巴因不耐煩地說：「傳說是那樣說的：佛祖和他七個弟子到過這座神廟，他親口說將這座廟交託給我們這一族當時的族長，而且吩咐**不准外人進入**！」

在軍人面前，白素也不便堅持*硬闖*，只好等待巴因進去拿古物。大概五分鐘後，巴因帶着一個鐵箱攀了出

來，與白素一起回到車子前，並將鐵箱放在車頭蓋上。

白素嘗試打開那鐵箱，可是不成功。兩人合力將鐵箱**翻**來**覆**去弄了半天，都無法打開，巴因發起急來，「古物一定在箱子裏，一定在，你看，光是一個鐵箱，不會這樣**重**！」

白素質疑道：「誰知道啊，箱子裏説不定只是一大塊石頭！」

巴因着急道：「我再去，再去找一個來。」

「**還有？**」

「我不是很清楚，可能還有的！」

可是，當巴因轉過身去時，他已經無法再下去，因為那個洞已被水泥封起來了。

白素説：「這樣吧，我會設法弄開這箱子，如果箱裏真的有**古物**，我另外再給你一千美元。如果沒有，或是根本打不開，我付給你的錢也不要你還了，就算是向你買這個鐵

箱，和那柄 **鑰匙**。」

巴因聽到不用他還錢，已經 **高興** 起來，對於白素的要求滿口答應，立刻伸手一拉，將掛在頸上的鑰匙拉了下來，交給白素。

白素讓他上車，開車離去，途中不忘引巴因說話：「你們這一族，好像和 **國王** 也認識？」

巴因立刻 **神氣** 地說：「嘿，我們這一族很尊貴的。佛祖委託我的祖先看管 **神廟** 後，還去告訴尼泊爾國王，要國王世世代代對我們這一族作特別照顧。」

這時，白素犯了一個 **極大** 的錯誤，她竟然忍不住說：「原來如此，所以你就算殺了族中的一個老人，國王也將你保了出來，不必治罪。」

巴因極驚訝為何白素知道這事，二話不說就抱起那箱子，打開車門，向車外 **直滾出去**！白素立刻下車去

追，但巴因對地形十分熟悉，轉眼間已鑽進一片樹叢裏，消失得**無影無蹤**。

白素很沮喪，只好回到車上，駛到一個就近的村莊落腳，她這才發現自己的手機**不見了**，一定是剛才追巴因的時候不小心丟失的。

白素一連四天駕着車，在村莊之間尋找巴因，都沒有結果，最後只好放棄**搜尋**，回到加德滿都。

她來到那家酒店後，得知我和柏萊已經到了，卻不知道我們去了哪裏，於是略為休息一下，就到街上走走，看看能不能碰到我們。

41

當時街上有十幾個遊客聚集在一起，聽一個人在大聲講述着「**真正古物**」，白素聞言，立刻來到那人的背後，伸手抓住他的手臂，喝道：「據我所知，這件古物，你早賣了給我！」

那人當然就是巴因，他在手骨被**折斷**前把那「古物」給了白素，白素才放過他。

那時我和柏萊分頭行事，柏萊先回酒店，馬上就見到了白素，白素提起剛才在街上見過巴因，柏萊便立即**衝了出去**。

　　白素在酒店等了一會，有點不放心，便出去看看，在街上聽到有人聲，找到了柏萊，接着我也現身了。後來，白素想説出自己已得到一件古物，但恰巧我把她拉走，帶她去看柏萊的 **真面目** ，所以她沒機會説出來。

　　白素講完她的遭遇了，柏萊還沒有回來。

　　「巴因一定是 **逃跑** 了，柏萊在忙着四處找他。」我吸了一口氣，提議道：「我看柏萊沒那麼快能回來，趁這個時間，我們是不是該做個 **好夢** ？」

　　白素明白我的意思，便去將那箱子取了出來，放在地上。我和白素都躺了下來，按照柏萊和辛尼的躺法，兩個人的頭 **互靠** 着，我的雙腳伸向東，白素的雙腳伸向西，盡量放鬆自己，沒多久，便睡着了。

第十四章

　　夢境初時，我處身於一個光線十分柔和的房間中，房裏有不少人，但無法看得十分清楚。每個人都披着白色的長袍，有着很長的頭髮。

　　我看到房間中央坐着四個人，其他人站在周圍，有一把聲音安慰着四人：「別難過，**失敗**是意料中事。」

　　那四人的其中一個回應道：「失敗到這種程度？」

　　那第一把聲音又說：「不能說完全失敗，你們至少已令他們知道，應該如何做才能回來。」

　　「我從沒想過那邊竟會是這樣的情形。他們的外形看來和我們完全一樣，但我實在不能相信他們是我們的同類。我

曾**迷惘**，受不了那種沉重痛苦的負擔。父親，我甚至曾請求他們，不要將那樣的**重擔**放在我的肩上！」

由於我對柏萊和辛尼的夢已有一定了解，當我聽到這句話的時候，馬上就知道説話的人就是四位志願者之中的**C**，

而那第一個說話的人，就是C的父親。

　　C的父親說：「是的，通過傳訊儀，我能聽到你的聲♪音。可是，去的時候，全然是你自願要去的。你在那邊所顯示的非凡本領，難道沒有使他們留下深刻印象嗎？」

C苦笑道：「我不知道，我承認我不明白他們的心意。當他們知道有**永生**的故鄉後，唯一熱切的願望就是回來，但他們的行為卻愈來愈不符合回來的資格，一點教訓也學不到！」

C的父親笑説：「至少他們學會了向我們 📞**通話**。」

C也「呵呵」地笑了起來，「是的，他們學會了形式，他們只是看到了我和你通話時的情形，卻沒注意到我使用的通話儀，他們只學着做：**閉上眼，合着手**。他們的聲音，當然無法傳達到這裏來。」

「**時間** ⏰ 的比例怎麼樣？」一個看來地位崇高的人開口問，我相信他

就是領導人。

　　C答道：「我留意到，大約是一比五萬。」

　　接着説話的人應該是D，他説：「是的，一比五萬，他們的生命極其短促，我已竭力使他們明白這一點，但究竟有多少人明白，我也説不上來。一比五萬，他們的一生，在我們這裏，不過是一天**！**」

　　這時，A忍不住**憤然**地説：「最可怕的是，他們雖然生命短促，卻一代比一代**邪惡**，我真不敢想像，發展下去會到什麼地步！」

　　房間靜默了一會，B嘆了一聲，緩緩地説：「他們只是看不開而已。他們的

生命，在我們看來是如此短促，所得到的一切，根本不值一提，猶如無物。他們當中，懂得放下一切，渡過痛苦的海洋，到達幸福之岸的人，真是太少太少了！」

　　C的父親説：「不論如何，你們每人至少都帶了若干人回來，而他們的資格都是毫無疑問的，總算是一種成果。」

　　A笑道：「你是在安慰我們？」

　　「決不是，這是事實！」C的父親説。

　　然後領導人問：「你們還準備再去嗎？」

　　那四個人互望着，搖了搖頭，C説：「我曾告誡過他們，要是再這樣下

去，我一定會再來。但當我再來的時候，我會帶來**毀滅性**的力量，將一切邪惡**盡數消滅**！」

　　B嘆了一聲，「那就違反我們的本意了，我們本來是要去拯救他們的。」

　　A的聲音剛勁洪亮：「值得救的，**救**；不值得救的，**毀滅**！」

　　D翻了翻手，「由得他們自生自滅吧。我相信我們四人已經留下了深遠的影響，就看他們自己能不能覺悟了。」

　　接着是一陣低聲的交談，顯然是參加會議的所有人都在交換着意見。

　　B忽然站了起來，「我再去一次！我會將帶去的東西，放到一個荒僻的

地方。我怕我們宣揚的道理，在若干年後變得**扭曲**，希望在那時候，有人能夠從我帶去的東西之中知道真相。」

B頓了一頓，又說：「我還可以作一個特殊的安排，安排一個人回到這裏來。不管他是什麼人，使他回來一次，好讓我們對那邊的人作一個 👁**中期觀察**，不知道各位是否同意？」

又是一陣**低沉**的討論聲，最後領導人說：「這不成問題，隨便你去安排好了。」

B揚起了雙手，各人都走上去和他輕輕擁抱。就在這時，我忽然不在那間房子，來到了一片廣闊的平原上。那裏全是極其悅目的**綠色**，看來是一種非常細柔的**草**。在那一大片綠色之中，有一個相當高的圓台，上面放着一個巨大的橄欖形物體，**銀灰**色的。有三個人正捧着「記錄儀」，運送上那橄欖形的物體裏。

完成後，藍白的 火光 突然冒起，伴隨着一聲隆然巨響，那橄欖形物體便升空了。它升空速度之快，實在難以形容。在火光還未消散之際，那橄欖形物體已經完全不見了！

我抬頭，注意到天空是一種**極其美麗**的藍色，在藍色之中，有銀白色的**星**，星很大，閃耀着光芒。

就在這時，**夢醒了！**

白素幾乎和我同時起來，我先開口：「Ｂ又來過！那

石室、記錄儀，全是他再帶來的！那七層石室之中，還有一種特殊設備，可以使人回去！」

白素興奮地點頭，「對！那麼美麗的環境，我相信那裏的空氣，才最適宜我們呼吸，還有，你想想，**永恆的生命**！」

毫無疑問，這對任何人來說，都是一個無可抗拒的誘惑，我和白素也一樣。

不過，我想起一個關鍵點，「你聽到B怎麼說嗎？他說安排『**一個人**』回去。」

白素呆了一呆，「是的，B是那樣說，但他既然能使一個人回去，也必然能使兩個人回去。一切**秘密**就在那七層石室之中，那是B建造的，記錄儀也是他留下來的。回去的方法，就在那七層石室之中！」

我還未定過神來之際，房門突然發出了「**砰**」的一下巨響！

第十五章

與國王促膝長談

房門突然被粗暴地撞了開來，只見柏萊站在門口，**憤怒**地望着那具記錄儀。

他衝進來，用力將門關上，向我們厲聲指罵：「你們這兩個卑鄙的豬！找到了記錄儀，竟瞞着不告訴我**！**」

我忍不住反諷他：「就像你一看到白素，便將巴因打昏，拖進小巷子去一樣，我們之間，都向對方作了一些！」

55

　　柏萊的拳頭捏得咯咯作響，但他應該知道，他並不是我們的對手。

　　我盡量平和地說：「柏萊，你不必那麼**激動**，這具記錄儀所記錄的一切──」

　　我還沒說完，柏萊已經怒吼：「你們已經用它做過夢了？你們沒有權這樣做，**這是我的**，回去的權利**是我的！**」

他狂性大發，抽出一柄鋒利的 **尼泊爾彎刀**，向我衝了過來。我連忙伸手托住他的手腕，抬起膝頭撞向他的小腹。

他發出一下怪叫聲，整個人 **向後跌倒**，手中的刀已被我奪了過來。

我順手將刀拋開，「柏萊，你好像忘記了，地球上的人要怎樣才能回去！」

但柏萊依然怒不可遏，向我發出了一連串**惡毒**的咒罵。

「柏萊，我絕對無意和你爭着回去！」我一面說，一面指着那具記錄儀，「你可以取走這東西，這東西的確是一具記錄儀。它會告訴你，那四位使者對世人感到何等**失望**。」

柏萊大口大口地喘着氣。

我繼續說：「為了達到目的，你的心靈已經充滿了**邪惡**，你認為自己還有資格回去嗎？」

「我不需要你對我說教！」柏萊吼叫。

我嘆了一聲，「好，我不和你多說什麼，你帶着這具記錄儀走吧，**祝你快樂。**」

柏萊撲向那記錄儀，雙手抱住了它，地竄

出門外離去。

白素立即將門關上，背靠着門，向我望來。

我向白素攤了攤手，「對不起，我將你的東西給了柏萊。」

白素苦笑了一下，我也苦笑道：「利達教授請我到 **尼泊爾** 找他的兒子，誰也想不到事情會發展成這樣。但無論如何，我們總算沒有對不起利達教授，我們幫了柏萊。」

白素卻拿出那柄巴因給她的 **鑰匙** 說：「柏萊沒有這柄鑰匙，根本進不了底層石室。」

我不禁擔心道：「他進不了底層石室，只怕會變得更**激進**。」

白素對我**當頭棒喝**，「就算進了石室，他也不能回去！像他那樣的人，如果可以回去的話，那麼當年也不會有遣送這回事了。我們幫助他，到此為止，別的事，讓他自己去想辦法吧！」

　　我也同意白素的說法，我們為了這件事已經奔波勞累了許多天，白素建議暫時放下一切，好好**遊玩**一下。

　　於是我和白素在尼泊爾遊玩了兩天，到了第三天早上，我們打算前往一個 **風景優美** 的小鎮，但開車途中，突然被兩輛軍用大卡車攔住了去路。

　　從兩輛大卡車中跳下了數十名士兵來，各持着機槍指住我們。接着，有一個中年人下了車，冷冷地望着我說：

「**你又來了！**」

　　我感到極其尷尬，因為他就是御前大臣。我只好苦笑，「你怎麼知道我在境內？」

　　「一個叫柏萊的人說的。」

我吃了一驚，「柏萊?他怎麼了?」

「他殺了一個人，這個人在我們的國家中，受國王的特別保護，地位十分特殊──」

我和白素馬上失聲叫了

起來：「**巴因！柏萊殺了巴因！**」

大臣憤恨地說：「對，他殺了巴因，而且行兇手法之殘酷，簡直令人髮指！」

我嘆了一聲，「可憐的巴因！那麼柏萊目前怎麼樣？」

「他？」大臣怒意未消，「哼，他闖入 **軍 事 禁 區**，奪了守衛的武器，射殺了兩個士兵，被我們當場擊斃了！」

「**柏萊死了！**」我呆住。

可是，這一次他真的死了嗎？還是和上次一樣，只是離開了軀體，甚至已進入了另一個軀體？

「柏萊臨死時，**胡 言 亂 語** 了一堆話。」

大臣說着，拿出一部手機，向我們播放一段 **錄音**🎤，是柏萊的呼喝聲：「走開！我不需要你們的急救！你們以為我會死？我非但不會死，而且還會回去！你們全都不能回去，只有我能！衛斯理呢？他和我一起來，告訴他！不論他弄什麼花樣，**我都一定能回去！**哈哈……」

　　錄音播完後，大臣解釋道：「由於那軍事禁區內所發生的一切，我都要向國王報告，所以國王已聽過這段錄音。」

我恍然大悟，「他聽了錄音後，知道我又來了，所以要你來找我❓」

「是的，**國王陛下十分急切想見你！**」大臣作了一個手勢，請我上車。

於是我和白素便跟他前往皇宮去。

當我在皇宮見到了國王的時候，我有點不好意思地說：「陛下，我對於自己一再失信，真是慚愧得很！」

　　國王真不愧為 **謙謙君子**，他笑道：「我很佩服你那種 **鍥而不捨** 的精神。請坐，過去的事別提了，我想和你作一次長談。」

　　我答應着，又向他介紹了白素：「這位是我太太白素，這次的事情，我知道的，她全知道。」

　　「好，請你也留下來。」國王一面説，一面向大臣作了一個手勢，示意大臣退下。

　　大臣只好聽命，退了出去，將門關上。

這時，書房中只有我們三個人了。國王開門見山說：「衛先生，你介意將這件事 *從頭到尾* 告訴我嗎？」

「沒問題。」我已經打定了主意，以我所知的一切，來交換國王所知的一切。

於是，我從利達教授託我幫他找兒子說起，巨細無遺地敘述。國王一直用心 *傾聽* 着，我足足講了四小時左右，然後到白素接力補充，把南美的遭遇又敘述了一遍。

國王聽完我們的敘述後，問道：「依你們的見解，在許多年之前，真的有一次 **大規模** 的遣送行動，由某一個天體上，將一批罪犯放逐到 **地球** 來？」

「不是我們的見解，而是這許多的事情 *拼起來*，只能得到這樣的結論。」我說。

國王嘆了一口氣，「你還記得上次我曾提到那四位傑出的人物嗎？」

「當然記得，而且印象深刻，他們自然就是Ａ、Ｂ、Ｃ、Ｄ。不過我很**奇怪**，當時陛下何以會向我提出這樣的問題？」

國王望了我半晌，「你以為只有你們、柏萊和辛尼，才有過這樣的夢嗎？」

國王的話令我和白素**大吃一驚**，我失聲叫道：「陛下，難道你——」

國王不出聲，站了起來，走向一個**古色古香**的木櫃，打開了櫃門，我和白素立時看到了一具「記錄儀」。

那是我看到過第三具同樣的東西了！

第十六章

國王的……夢

「陛下，這具儀器中記錄着什麼？」白素問。

國王長嘆了一聲，「這東西，是被巴因**刺死**的那個老人送給我的。他們那一族可以得到國王的特別照顧，不過那一族的人愈來愈少，最後只剩下那老人和巴因了。」

國王又坐回椅子上繼續説：「那老人每年都送一些**禮物**給我，我記不清是哪一年，他帶了這東西來給我，告訴我這東西是那座神奇古廟下面石室中的東西，是一件**古物**，所以送給我。」

我「嗯」了一聲，「或許巴因就是知道了那老人送禮的舉動，才令他想到廟中的東西可以當**古董**出售。」

國王點頭道：「也許是。這東西一到了我手中，就引起了我 **極大** 的興趣，我向老人問了很多有關那古廟的事，更要求到那古廟去看看。可是那老人拒絕了，説除了他們族人以外，任何人進入這座古廟，都會有不測的 **災禍**！」

我笑道：「可不是麼？我無意中走了進去，後腦就遭到了 **重擊**，幾乎死在最底下那層石室之中。」

國王笑了起來，「我聽得他那樣説，也只好作罷。那東西一直這樣放着，我一有空就拿出來研究，直到有一天，我 **疲倦** 了，在偶然的情況下，頭靠着這東西就睡着了。」

我不禁搶着問：「然後陛下就做了一個**怪夢**，而且發現每次靠着這東西睡覺，都會做同一個夢？」

國王點頭，「對。我召了那老人來問，問他們那一族人是不是有怪夢，他卻説沒有，只説他們族人對生命都看得很**淡**，很多人是自殺的，也有很多人登上了高山，**不知所終**。」

我馬上説：「但巴因卻是例外，他**貪財**，甚至不惜殺人！」

國王苦笑道：「可是我仍要保護他，這是世世代代的規矩。後來我又向巴因盤問那古廟的事，他願意帶我到那廟中去看，但決不肯帶我下石室去，説我要是有什麼差錯，他實在擔當不起。所以，我只是看到了那個**巨大**的東西。後來，我覺得巴因遲早會將之售給遊客，所以和他商量，封了石室的入口，拆了那座廟，將那東西搬到宮裏來。」

「陛下為什麼要這樣做？」白素問。

國王説：「我們所知道的一切太**驚世駭俗**了，如果

世上每個人都確知他們是從某一個天體上來的，在那裏人可以永生，那會引起什麼樣的**混亂**！」

我點頭認同，「柏萊就是一個例子。」

「那巨大的東西究竟是什麼？」白素沒見過，禁不住**好奇**地問

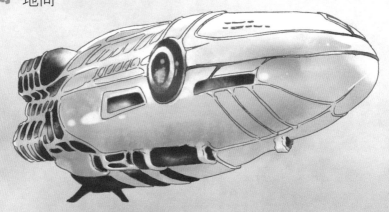

國王嘆了一聲，「我也不知道，但我已將它毀去了。」

我和白素都很**驚訝**，國王卻反問我：「照你看來，那是什麼？」

我答道：「照我看，那是一種交通工具的一部分。」

國王立刻說：「就是那四個人乘坐的交通工具？」

「不。」我説：「我想那是用來運送儀器的。而那四個人來 **地球** ，則用了另外一種方式。還記得我提過的夢境嗎？他們來到，會和我們一起長大，直到某一年齡，他們的能力才 **逐漸顯現**。」

「那他們是以怎麼樣的方式來？」國王 **疑問**。

「我大膽假設，他們的身體沒有來，來的是他們的 **靈魂**。」

「我明白了，就像柏萊死後那樣，靈魂去了另一個軀體。」國王説。

我急不及待地問：「陛下，你從這部記錄儀得到的夢，可否告訴我們？」

「我來轉述，遠不及你們親身體驗。」

於是，國王命人安排我和白素享受了一頓極豐富的晚餐，然後在 **華麗** 的客房中，我和白素將那記錄儀當作枕頭，一起進入 **睡眠** ᶻᶻ，又有了一個夢。

　　一進入「夢境」，同樣是柔和的光線，幾個看來有點朦朧的人影圍着一張圓桌坐着，領導人問：「你們四個人的結論一致？」

Ｃ的聲音聽來很低沉：「是的！」

領導人嘆了一聲，「情形真的那麼壞？」

Ｃ苦笑道：「只有比我們的報告更壞！」

Ａ指着Ｃ，憤然道：「他的遭遇最不幸，千挑萬選了十二個人，認為是最可信任的了，可是其中一個居然**出賣**了他！」

領導人和Ｃ的父親同時發出了一下感嘆聲，「你們認為他們**罪惡**的根源是什麼？」

Ｂ最先開口，語氣平和：「是他們對自身的生命認識不夠。**短促的生命**，在他們心目中，卻是頭等重要的事。」

Ａ大聲道：「罪惡的根源，是由於他們根本就是罪惡的化身！喜愛**毀滅**，只重視自己，而漠視他人的生命！」

D嘆了一聲，「我認為最大的毛病，是他們之間無法**溝****通**，沒有一個人可以知道另一個人的心中在想什麼。溝通的語言都是虛偽和不真實的，人人只顧追求**權力**，專橫獨斷，失去了公平和正義。」

「可有辦法解決？」領導人問。

A說：「我相信情形會**愈來愈糟**，罪惡會愈來愈甚，直到——」

C的父親沉聲道：「直到我們要將之根本**毀滅**為止？」

C喃喃地說：「**會有這一天的。**」

A大聲說：「我已經研究過，要將那個星球完全毀滅，只需要把那顆十七等發光星的運行軌道略作調整！」

B連忙道：「不見得那裏所有人全是**邪惡**，總有人是好的，雖然是極少數，叫他們也一起遭到毀滅，未免太不公平了！」

「你有什麼更好的方法？」A問。

「我們可以在適當的距離，設置一個**接引裝置**。當他們肉體的功能喪失後，他們的**思想電波束**可以經我們最後審查，如果符合回來的資格，就接引回來。」

領導人猶豫了一下，「他們頭髮的功用已喪失了，還有什麼思想電波束？」

B說：「**極微弱**，但還存在。在那邊，也有個別的突發個

案，思想電波束凝聚不散。我們的裝置如果夠精密，就可以接送符合條件的人回來。」

領導人道：「很好，我會設法促成這個工作。」他講到這裏，略頓了頓，「你們真的不準備再去**?**」

Ａ、Ｂ、Ｃ、Ｄ四個人沉默了片刻，都搖着頭。

Ｄ說：「我們已經盡了能力宣揚道理，現在只能聽其自然，由他們自己去選擇。我們設下那個**接引裝置**，已經算是盡了**最大**的努力，何去何從，由得他們自己去決定好了！」

所有人都無奈地點頭認同。

第十七章

頭髮的功用

我和白素醒了，緩緩轉過身來，我抹着額上的冷汗，聲音**顫抖**着說：「他們放棄了！」

白素連忙搖頭，「沒有，他們在適當的距離設了接引裝置！」

我苦笑道：「就算有這樣的接引裝置，你說地球上有多少人夠資格回去**？**」

「總會有的……」白素低着頭。

我們吃過早餐後，又進了國王的書房。

國王第一句話就說：「兩位，你們覺得自己能否通過**最後**  ？」

我和白素報以苦笑，無法出聲。國王又嘆道：「其實，人人都可以通過最後審查。他們四位的道理，已明明白白擺在眼前，只要照做就可以了，偏偏誰都不肯做。」

我苦笑道：「我真懷疑，雖然他們在適當的距離，裝了一個接引地球人『**思想 （・電波束・）**』回去的裝置，但究竟是不是有人曾經夠資格被 **接引** 回去，也未可知。」

白素忽然說：「有確實證據證明，被接引回去的，至少有一個人。」

我和國王都大表 **詫異**，不知道白素為何說得如此肯定。

　　白素説：「這個人，就是大發明家 ✦愛迪生✦！你們應該知道他臨死時的情形。」

　　我和國王都不禁「╲啊╱」了一聲，一起點着頭。大發明家愛迪生臨死的情形，有明確記載：當他彌留之際，醫生和他的親友都圍在他的牀前。眼看他的呼吸愈來愈微弱，心臟終於停止了跳動，可是，就在醫生要宣布他死亡之際，他卻突然坐了起來，説了一句話：「**真想不到，那邊竟是如此美麗！**」

　　他講完這句話，才正式死亡！一直以來，沒有人知道他這句話是什麼意思，也沒有人知道他在臨死的一刹那，究竟看到了什麼，以致他要掙扎着坐起來，將他所見到的 ✦**美麗景象**✦ 告知他人。

　　如今，在我們看來，那實在再簡單不過！那是因為他已經「回」到了那邊，看到了那邊的景色，所以不由自主地發出讚嘆聲來！

愛迪生回去了！

國王呆了半晌，「愛迪生那麼快就看到那邊的情形？」

我吸了一口氣，「那是他的 **思想 電波束**。我相信，思想電波束是可以快速傳送的。」

國王嘆了一聲，「那些記錄儀中，一再提到 **頭髮** 的功用，我實在想不明白。」

我說：「我懷疑，思想電波束就是經由頭髮出入的，頭髮是思想電波束的通路，所以才生得如此接近 ，而且數量如此之多，構造又如此奇特，地球上其它生物根本沒有這樣的東西。」

　　國王**緊皺**着眉，顯然還有很多想不通的事。我又說：「我還有一個猜想，所謂**永生**，可能就像柏萊由白種人變為印地安人那樣，是思想電波束的遷移，肉體的轉換。而這種轉換，可能也是通過頭髮來進行！」

　　國王想了一會，點頭道：「暫時只好這樣假定，因為沒有人可以證明這一點。」

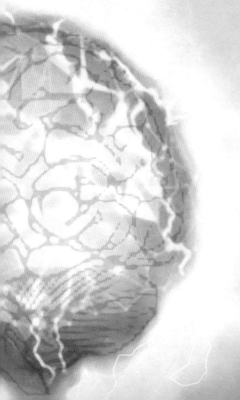

我剛想開口，白素已經說：「可以的，**可以去證明！**」

國王馬上聽懂白素的意思：在那七層石室之中，有一個裝置可以使一個人「回去」**！**

我對於「回去」這個名詞，多少有一點異議，因為就算一切屬實，我們是第一代被遣來的人的後代，儘管我們對地球的環境依然不太適應，但如今已經不知經過了多少代，那麼我們究竟是屬於地球的，還是屬於那邊的**？**

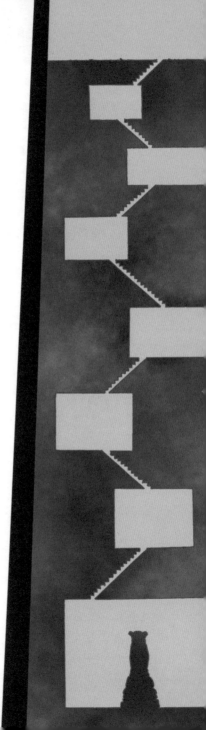

「陛下，你要到那邊去看看嗎？」我問。

國王吞了一口口水，「我……能到那邊去？」

「為什麼不能？記錄儀中的內容說得很明白，可以有一個人到那邊去！」

國王呼吸急速，來回 **踱着步**，「去了，要是回不來，那怎麼辦？」

我和白素都呆了一呆，那邊是地球人的最後歸宿，像柏萊，就一直只想着「去 ➡」，而沒有想到「⬅ 回」，如今國王卻想到了這個問題。

我和白素都不知該如何回答，國王又嘆了一聲，「我想我無法拋開一切，到那邊去。」

既然拋不開，當然不能到達*彼岸*。國王的神情有點無奈，「我現在不能走，但我可以——批准你們兩人，進入那七層石室去。」

我怔了一怔，「陛下——」

國王 微笑 道：「你們去了之後，不論有什麼結果，也不用再來講給我聽，我已經準備將所有的事 **完全忘卻**！」

我和白素感到很意外，國王召喚御前大臣進來，吩咐他安排我和白素進入那七層石室中。

大臣準備了車子，送我們到達那「**軍 事 禁 區**」。

大臣對兩名軍官吩咐了幾句，軍官便帶着我們向前走，來到了一處看來和附近周圍沒有分別的地點，然後**指着地下**，「最後的封口就在這裏。」

大臣向我指了一指，「**一切照他的吩咐！**」說完就離開了。

我望向那兩位軍官，他們的神態十分恭敬，完全依照我的吩咐，為我們準備了一大堆工具，並且全軍撤退到數公里外。

我拿起一柄鶴嘴鋤，向地上鋤了下去，開始**挖掘**，而白素則把我挖開來的泥和石搬開。

不到一小時，我已挖開了鋪在水泥上的砂石泥土，現出了水泥板來。白素發動了發電機，我取起一柄風鎬，用力往水泥板**撞擊**下去。沒多久，水泥翻了起來，現出鋼筋，白素就用**鋸**鋸斷鋼筋。

在我們兩人通力合作下，很快就開出一個兩呎見方的洞。洞下面**黑沉沉**的，埋藏着人類歷史上最大的奧秘！

白素提着一具強力電筒，**向下照去**，我在洞口往裏面看，毫無疑問，那是我曾經到過的第一層石室。石室的四壁全是整齊的石塊，而石室中則**空無一物**。

我先下去，然後白素跟着下來。我找到了通向下層的梯級，便和白素一起繼續**向下走去**。

第十八章

深入
七層充滿奧秘
的 石室

　　第二、三層石室的情形，和第一層一樣，都是空的。

而每層之間，在**梯級**的盡頭處都有門，卻全是開着的。

　　一直來到了通向第四層石室的門，才是關着的。我推

了推，但推不開。我用電筒**上下照着**，在門邊上發現了

一個圓形的孔，和白素得自巴因的那柄鐵牌形 **鑰匙**

一樣大小。

我向白素指了指那個孔，她一看便立即會意，取出了那柄 **鑰匙**，平貼着放進那個孔之中。鑰匙才一放進去，就聽到「**啪**」的一聲，門向內慢慢打了開來。

白素取回鑰匙，向內走去，我跟在後面。

在電筒的照耀下，石室四壁的 **浮雕** 顯露無遺。我們將手中的電筒慢慢地移過去，看到了很多人像，列隊走向一個橄欖形的物體之中，其中有六七個特別突出，其餘的都很小。

我和白素互望了一眼。毫無疑問，這就是第一個夢中所記錄，一大群人被驅逐離開的情形。

近牆腳部分，還有很多文字般的**符號**，那種符號極其簡潔，由許多**幾何圖形**組成，我猜想是那邊的文字，我和白素自然看不懂。

我們在這層石室中停留了許久，才**走下梯級**，同樣用鑰匙打開了進入下一層石室的門。

在第五層石室內，也有着同樣精美的**石刻浮雕**，每一面牆壁上的浮雕都是獨立的，顯然是四組獨立的故事，而且每一組故事都有一個中心人物。我們一組一組看過去，發現這四組浮雕記錄了Ａ、Ｂ、Ｃ、Ｄ四個人在地球上生活的事迹。

我們又停留了許久，才繼續**向下走去**。

第六層石室的門打開後，出乎意料之外，四面牆壁並沒有浮雕，只有靠左首的石壁下，有一塊巨大的長方形大石，上面有三個**凹槽**。從那三個凹槽的**大**小來看，恰好能放下那三具記錄儀。

本來，我們希望可以在地下石室中，再發現幾具記錄儀，好讓我們對那邊的情形知道更多。但是，從這三個凹槽來看，記錄儀一共只有三具，已經全不在這層石室之中了**！**

我和白素檢查了第六層石室，看看有沒有什麼**暗格**，藏着其他東西，可是一點發現也沒有。

當我們向着最後一層石室走去的時候，我們兩人的**腳步**都不由自主地變得沉重。我們都知道，一切奧秘，就在最下層的石室之中**！**我們的心情既緊張，又帶點恐懼。

來到了門前，白素取出鑰匙，手在微微**發抖**。我連忙伸出手來，握住了她的手説：「別怕，我曾到過這裏，不會有什麼意外的！」

「你難道忘了那老人臨死時告誡巴因的話？」白素**緊張**地説。

「我當然記得，那老人説，在這石室內，絕不能有**光**！」

　　白素望着我，「那我們該怎麼辦？」

　　我想了一想，「先將電筒關掉，進去後才見機行事。」

　　我們一起熄掉電筒，白素**摸索**着，將鑰匙放進那小孔之內。

　　我雙手一推，將門推了開來，此時，我們完全被**黑暗**所包圍。我和白素手握着手，向前走出了幾步，門在我們的身後自動關上。

白素低聲道：「**我們該怎麼辦？瞎子摸象嗎？**」

「巴因那一族，經過了多少代人，也摸不出任何頭緒來，我們還要學他們嗎？」我想了一想，提議道：「你暫時回到上層石室去，我一個人在這裏亮電筒。萬一有什麼不測，也只不過是我一個人的事。」

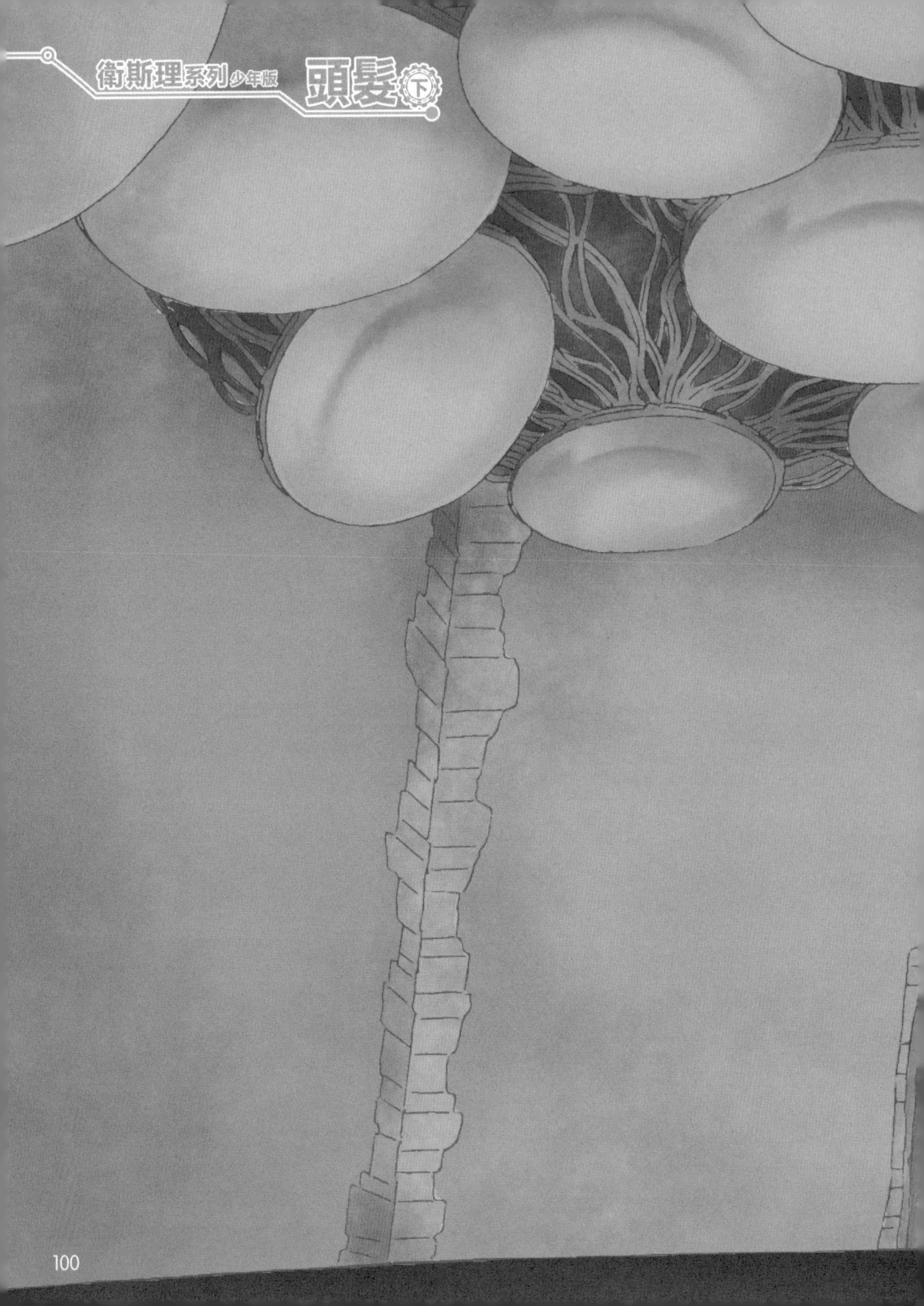

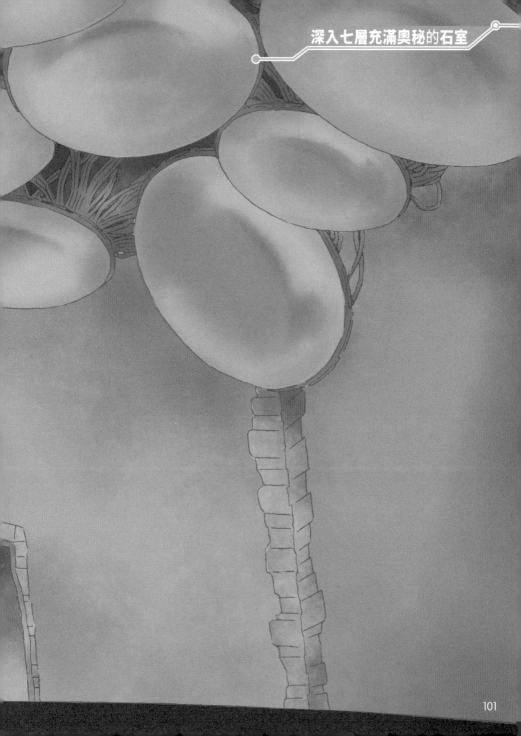

白素**怒斥**：「這是什麼話？要是有什麼不測，也是我們一起擔當！」

我有點感動，「好！我們數一、二、三，然後一起亮電筒。」

「**一、二、三！**」兩支強力電筒隨即 **亮** 了起來！

我們首先看到四面石壁的頂部，滿是凸透鏡一樣的東西，一望就知是感光裝置。而就在這時，一陣聲響傳來，在我們對面的石壁上，有一道 **暗門** 打了開來。

我和白素 **戰戰兢兢** 地走進暗門，發現內裏是另一間石室，相當寬大，光線柔和。

室內的一切，看來全是金屬製品。石室的其中一邊，似是一座**巨大**的控制台，有許多儀表，各種顏色的燈號在不斷**閃動**。而另一邊，又有另一道暗門在慢慢打開，一具形如棺木的金屬箱子自動移了出來，那金屬箱子之上，是一個透明的罩子。

那金屬箱子移到石室的中央便停了下來，然後漸漸**向上升高**了約莫兩呎。

那些儀表和燈號閃動得更加忙碌，我和白素都看得目瞪口呆。

此時，石室裏忽然響起一把不男不女，似是電腦仿造的聲音：「**你來了！**假定你已經知道了一切，如果你想來，請躺進箱子中，我們會安排一切。」

我深深吸了一口氣，緊握住白素的手，一起來到那箱子的旁邊，箱子上的透明罩子就自動揭了開來。

這時候，我們有着同樣的想法：**兩個人一起躺進去！**

可是，當我們細心一看，馬上呆住了！

箱子內有一個 **一人形凹槽**，完全貼合一個成年人的身形。也就是説，這箱子只能躺下一個人，絕對無法躺得下兩個。

我和白素在箱邊呆立着，過了許久，才互望了一眼，同時開口：「誰去**？**」

我想了片刻，説：「我去吧。萬一有什麼危險，就由我來承擔。」

白素嘆了一聲，「去了，你會回來嗎？」

「當然會回來！」 我堅定地説。

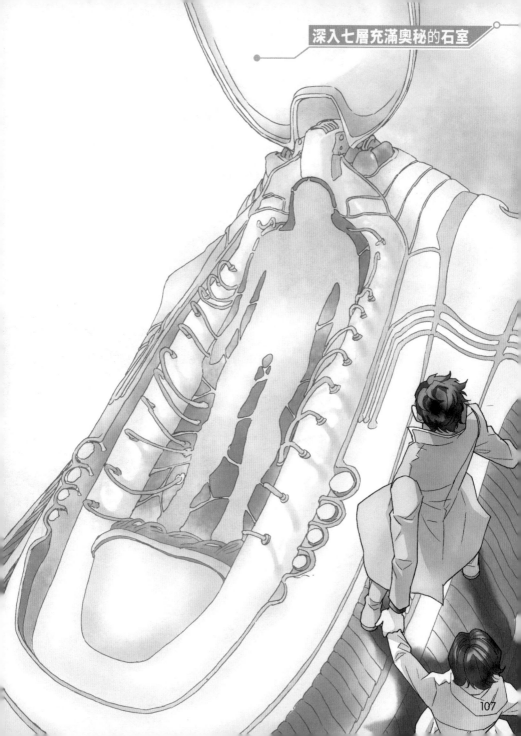

白素望着我，又問：「萬一你只能去，不能回來呢？」

這句話才一出口，白素的雙眼竟滲出了**淚水**。和白素相處多年，我從來也沒見過她流淚的。

我不禁手足無措，忙道：「那麼，你去好了！」

「那不是一樣？總之我們要分開了！」

我這時才感到事情的嚴重，根本與**生離死別**無異，其中一個去了，就可能永遠不能再見。

我吸了一口氣，「好，我們大家都不去，就像國王那樣，將這件事**完全忘記**算了。」

白素望了我一眼，「別人或者可以，但我知道你不會，你會一直想着這些事。而每當你一想起，就會**怨**我，在緊要關頭阻攔了你。」

我堅決地説：「要忘記這些事，確實不容易。但我絕對不會埋怨你，因為這是我自己決定的！」

我一面説，一面將白素輕輕擁在懷中，白素過了好一會，才停了流淚。

這時候，我們兩人都決定了不去，心情反而輕鬆不少，一起細看着那金屬箱子。

白素皺着眉説：「這箱子看來不像能帶人作太空旅行。」

我聳了聳肩，「或許這箱子能將人體分解成原子，傳送到那邊去，再組合起來。」

我説得相當認真，白素卻笑了起來，「這樣就糟糕了！那邊不知道你的原貌，要是將你的樣子拼錯了，成了鬥雞眼、歪嘴巴，那怎麼辦？」

白素一面説，一面笑着。

　　我立刻還擊：「我還好，如果你去的話，就不止鬥雞眼、歪嘴巴了。你的嘴巴可能會長到額頭上，鼻子**倒轉**過來，耳朵……」

　　我一面説，一面伸手捏她臉上的相關部位，可是卻樂極生悲！她忽然一下閃避，使我撲了個空，上半身向箱子裏一傾，整個人就**跌了進去**。

　　剎那間，我感到大事不妙了**！**

第十九章

意外地
到了「那邊」

我一跌下去，那人形凹槽就有一股 **極大** 的吸力把

我吸住，而那透明罩子亦迅速罩了下來！

我聽到白素的驚呼聲，從透明罩子看到她充滿 **驚惶**

的臉。

同時，箱子以極高的速度移回暗門裏去。我想張開口

大叫，可是一點聲音也發不出來，只覺得頭部有一股極大

的吸力，將我的頭髮根根扯得筆直。接着我眼前 **一黑**，

什麼也看不到。

113

　　黑暗只維持了幾秒鐘，我便進入了一個 *夢幻* 般的境界，看到一圈又一圈的光環，我在那無數光環組成的 *光巷* 中前進。那時候，我看不到自己的身子，只是感覺到自己在前進。

　　不知道在光巷中前進了多久，突然間，眼前又是一黑，我感到自己通過了許多條 黑暗 的通道，迅速進入了一個什麼東西之內。

　　那一段黑暗的時間也極短，接着眼前一亮，我看到了熟悉的 柔和 光芒。

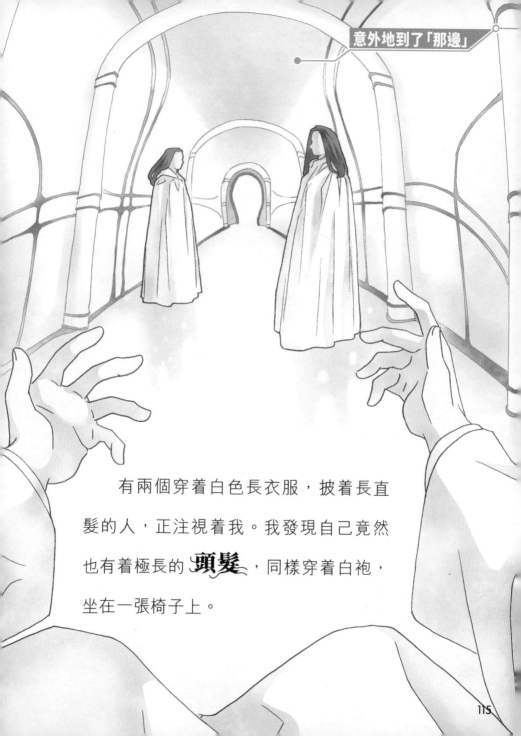

有兩個穿着白色長衣服，披着長直髮的人，正注視着我。我發現自己竟然也有着極長的 **頭髮**，同樣穿着白袍，坐在一張椅子上。

115

那椅子在一個相當大的罩子之下，罩子上面有一塊金屬板，板上有着無數小孔，而我的頭髮全部直豎着，正插在那塊金屬板的無數小孔中。

我知道我到了！

那兩個注視着我的人，神情顯得相當高興，「歡迎！」

那透明罩子自動升起，我的頭髮**垂了下來**，而當我站起時，他們已來到我的身邊，一人一邊握住了我的手説：「朋友，你回來了！」

我卻緊張地説：「**我要回去！**我要怎樣才能回去？我要回去！」

那兩個人用極奇怪的神情望着我，而這時候，一道門打開，一個人走了進來，我不由自主地驚叫了一聲，因為我認得他就是 **D**！

Ｄ一進來就説：「既然來了，何不逗留一會？」

我還未定下神來，又有一個人走了進來，那是 **B**！

Ｂ説：「地球上每一個人都想來，為什麼你偏偏來了又要回去**？**你遇到的機緣，是地球上很多人都得不到的。」

我不由自主地後退了幾步，坐在椅子上，喃喃地説：「你們……你們……」

Ｂ笑道：「你認識我們，是不是？事實上，每一個地球人都認識我們，只不過你的認識特別不同！」

不知道什麼原因，此刻我的腦海裏竟浮現出一個**笨問題？**，而我又真的問了出口：「愛迪生是不是來了？」

這時Ａ和Ｃ也走進來了。

Ｃ笑道：「是的，那個遺傳因子**異常突變**的地球人，他回來了。」

我吞了一下口水,目光輪流在 A、B、C、D 的身上掃過。

A 説:「你不用**害怕**,在你來的時候,我們已經知道你的一切,雖然你還有許多不對頭的地方,但是我們相信,你可以成為我們這裏的一分子。」

當我定過神來的時候,發現面前已多了一張圓桌和四張椅子,A、B、C、D 已坐了下來,而我最早見到的那兩個人已離開了。如今我們五個人圍桌而坐,情形就像之前**夢中**所見那樣。

B 先開口説:「你已經知道了那三具記錄儀所記錄的一切,現在我向你解釋目前的情況,就容易得多了。」

「你們怎麼知道我知道的?」我不禁**好奇**地問。

B笑道：「當你來的時候，並不是你來了，而是你的**思想電波來**來了，你的身體仍留在**地球**。」

我連忙伸出自己的雙手看看，B馬上又解釋：「這不是你原來的身體，而是我們將多餘的身體保留起來，準備替換用的。」

我吞了一下口水，問：「我可以看看我自己的樣子嗎？」

A、B、C、D都笑了起來，「當然可以！」

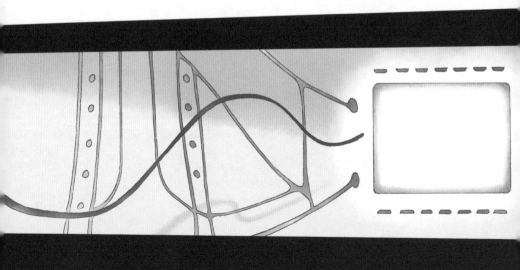

　　Ａ略側了一下頭，一根頭髮便**揚了起來**，有一公呎多長，髮尖在他身後那牆上的一個**黑點**上碰了一下，一幅像熒光幕般的裝置隨即在牆上出現，我立時看到了我「自己」和他們四個人，以及室內的情形。

　　我看到我「自己」是一個面目相當英俊的男子，正值盛年，裝束和他們完全一樣。

　　但我更驚訝於剛才Ａ用一根**頭髮**來操作裝置的情形，不禁驚呆地喃喃自語：「**一個人有多少頭髮？如果每根頭髮都可以像手指一樣靈活運用，那麼——**」

　　Ｄ向Ａ笑道：「你嚇壞我們的朋友了！」然後望向我，「剛才你看到的，是頭髮的用處之一，你也可以學會。」

「我還以為頭髮的功用，只是思想電波束出入的**通道**。」我説。

B接着解釋：「也沒錯，頭髮是思想電波束出入的通道，你的思想電波束由你原來的身體出來，進入如今的身體之中。在你的思想電波束未進入這副身體之前，通過了一個儀器，所以我們知道你的一切。」

我點了點頭，又問：「永恆的生命，就是這樣**延續**？」

B答道：「是的。在我們這裏，就是這樣。你還想回去嗎？」

「**我一定要回去！**你們不明白，我是地球上的人！在地球出生，在地球長大，和地球有**千絲萬縷**的關係！」

「可是地球人本來就是從這裏去的，地球的環境如此之差，地球人又那樣醜惡，你既然來了——」

　　我不等B講完，已 **激動** 地說：「地球既然如此差，為什麼你們將一大批自己人送去？」

　　A說：「他們充滿了 **罪惡**，必須遣走！」

　　我瞪大了眼，「如果這裏一切全是那麼美好，為什麼又會出現一大批罪惡之徒？」

　　沒想到這個問題一提出來，竟令他們四人面面相覷，十分**尷尬**。過了好一會，Ｃ才說：「你或許可以在領導人那裏得到答案。」

　　接着Ｄ說：「請跟我們來，你也可以順便看看這裏的環境。」

　　我跟着他們一起走，走出一條長長的走廊後，外面是一片極大的 **草地**，我看到了不少來往的人。同時，我也看到了別的建築物、動物和植物，全都是我在地球上從未見過，甚至未曾想過的。

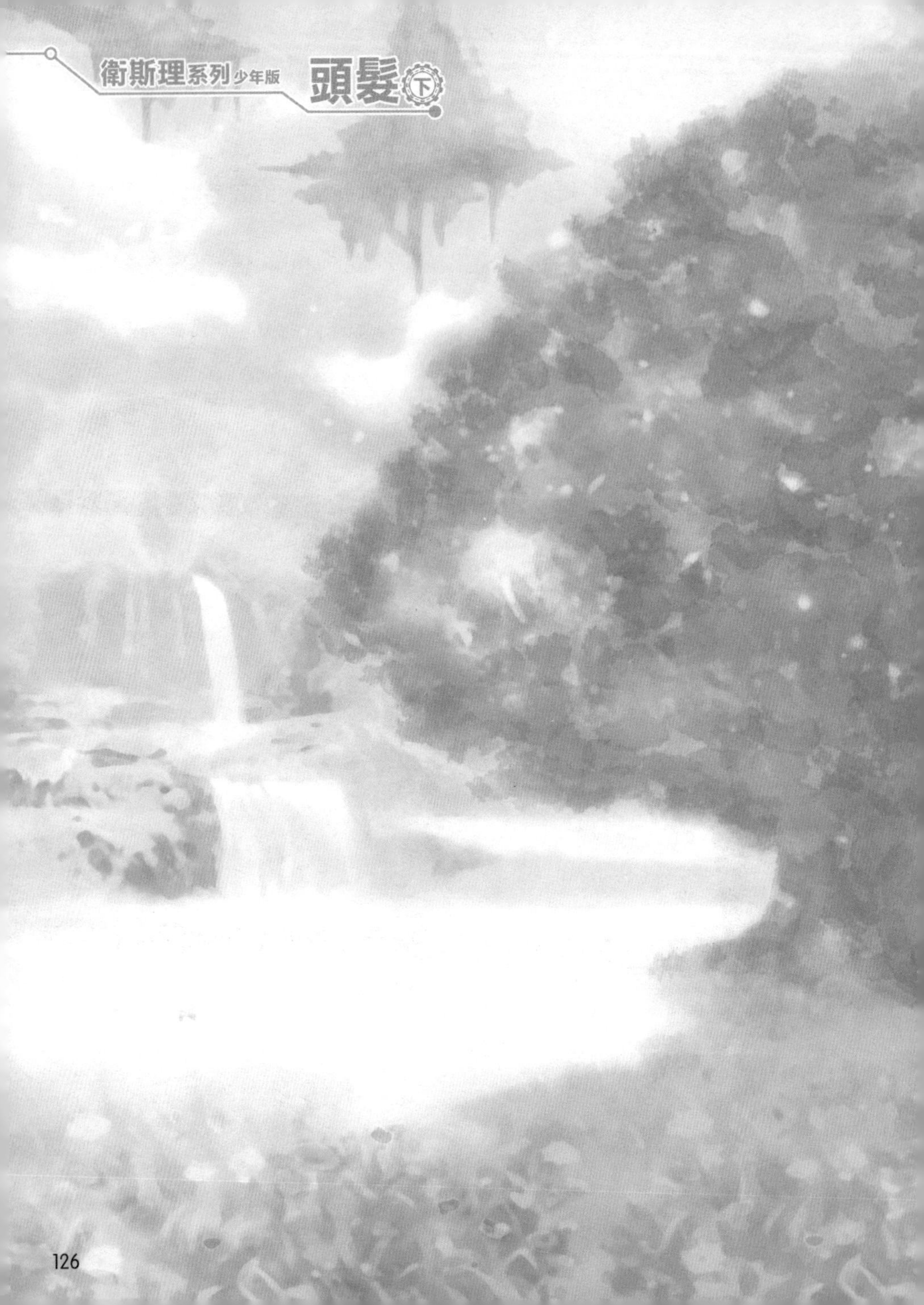

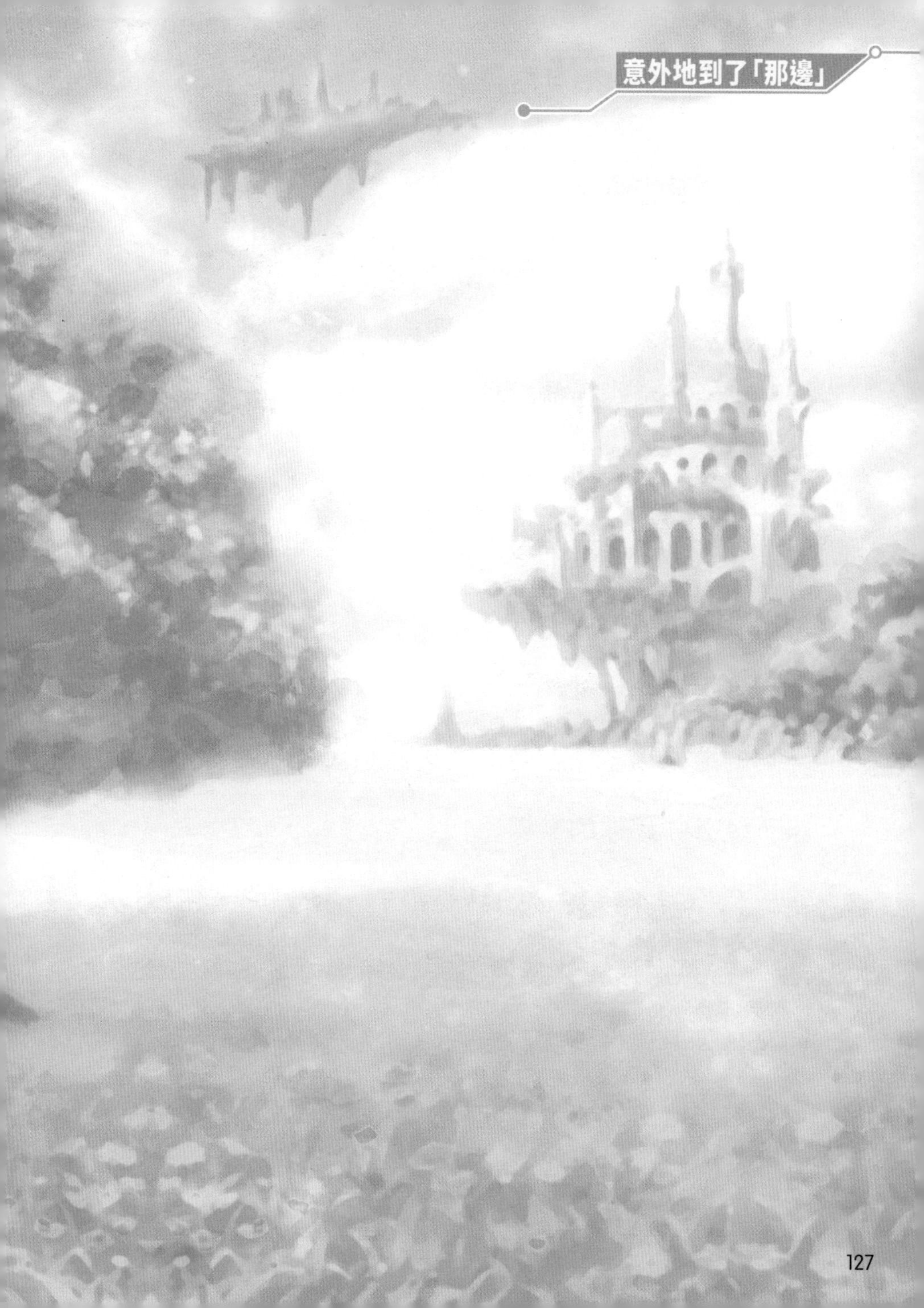

我未見過這樣悅目**青綠**、柔軟舒適的草。在草地上一簇一簇**顏色鮮艷**、形狀悅目的花，是我見過最美的東西。那一棟棟建築物猶如一座座藝術雕塑，給人和諧安穩的感覺。

我不禁由衷地嘆道：「這裏真是個好地方**！**連空氣都和地球上不同**！**」

Ｂ笑道：「當然，地球上的人本來就是從這裏去的，一切的遺傳因子，都是為了適應這裏的生活而漸漸發展起來，這裏才是你的家鄉。」

我不得不承認Ｂ的話是對的。這裏的天空**明澈蔚藍**，空氣潔淨，人處身其中，完全不覺得有「氣溫」這回事，人與環境就像融為一體。

這裏的光源是一個極大的光環，所發出的**光芒**，柔

和舒適，就算你凝視着它，也不會覺得有絲毫刺目。

我經過一個極大的噴泉時，學着別人掬了些泉水來喝，那種清澈甜美，令人煩渴頓消。

我跟着他們走進另一棟建築物，來到了一個房間。房間裏已有兩個人，正是領導人和Ｃ的父親。

他們兩人一見到我，就滿臉笑容，領導人說：「請坐！我們很高興那個裝置使你來到這裏。」

「你已經約略看過這裏了，覺得怎麼樣？」Ｃ的父親問。

我由衷地說：「**太好了！**全是我想像不到的好！」

Ｃ的父親又說：「我們已經知道你的[?]疑問[?]，但此事要從頭講起，如果你有時間的話——」

我想也不想就說：「我當然有時間，既然來了，我總要弄清楚才走。」

「好的，我會盡量扼要地告訴你，以便節省時間。」

129

第二十章

衛斯理的抉擇

C的父親開始向我解說：「我們這裏是一個星體，有着各種生物，我們是其中一種，在這個星體上 **逐漸進化**。到了一個階段，我們已經進化到能使自己的 **思想電波來** 自由離開肉體了。」

「因此你們有了 **永生** 的能力。」我說。

他繼續道：「沒錯，這是任何生物最高的進化目標。掌握了這種能力之後，我們的生活起了極大變化。本來，生命是通過死亡和新生來 **延續** 的，但到了那時候，我們要靠不斷轉換肉體來延續永恆的生命。」

「但肉體從何而來？」我馬上問。

C的父親答道：「我們在實驗室中，利用人的生殖細胞，培育肉體，並用特殊方法使之迅速成長，變得極其強壯。當原來的肉體 **衰老**、機能消失後，任何人都可以任意選擇自己喜歡的肉體，延續生命。」

「**等一等!**」我感到不對勁,連忙問:「那種實驗室製造出來的肉體,難道沒有思想嗎?」

他們一聽我這樣問,無不嘆息起來,C的父親一時説不出話,要由領導人開口回答:「問題正正出在這裏。當時我們的技術水平不夠成熟,

未能單純只製造肉體，結果發現他們有 **思想**。而且他們的思想極原始，我們在經過了無數年代的進化之後，早已將這種原始的思想拋棄了。可是他們的思想，仍停留在充滿**邪惡**和**醜陋**的階段。於是，那一大批在實驗室中長大的人，就變成了──」

我接了下去：「**罪人！**」

又是一陣靜默，然後C的父親再開口：「我們經歷了一場相當大的動亂，一大批約有一百萬這樣的人和我們起了**衝突**，那不知是多少年來未曾有過的戰爭，結果，這一批人……」

我又忍不住提高了聲音說：「這一大批人被你們剝奪了智力，送到地球上去了**！**」

Ｃ的父親點點頭。

我有點 **激動** 地說：「這樣說來，所謂罪人，根本就是你們製造出來的！你們的錯誤，造成了地球上無數有思想的生命，在無窮無盡地 **受苦**！」

我的指責令在場的人一時之間都出不了聲。

領導人望着我，神情充滿了 **悲傷**，「我們後來已盡力挽救這個錯誤。」

　　我不禁諷刺道：

「就是派了他們四人

去地球轉了一圈嗎？」

　　C嘆了一口氣，「我們本

來要去拯救那裏的人，只是沒

想到情況比我們想像中**惡劣**

得多，我們實在待不下去，也不

想再去了。」

　　B忙補充：「不過，我們已

經向地球人宣揚過回來的條件，

只要他們遵循那些道理，便可以

回來。」

但Ａ持不同意見，「沒有用的。我早就主張，將一切罪惡毫不留情地 *消滅*，一定要這樣，才能徹底糾正我們過去的錯誤！」

大家似乎都點頭認同，我不禁大驚説：「等等！**這將是大規模的生命毀滅！**」

「同時也是邪惡的消滅！」Ａ説。

「你們不是已經設下了一個接引裝置，可以把地球人死後的**思想電波**接引過來，進行審查，再決定是否讓他回來嗎？」我問。

Ｄ淡然道：「是的，不過夠資格回來的人太少了。」

我望着Ｄ説：「你們也要經過許多個年代，才進化到目前的水平。你們總不能要求他們一下子就能改過來吧！」

C嘆了一聲，「雖然我們已傳播了道理，但他們並沒有慢慢地改過來。事實上，他們是變得愈來愈*邪惡*，地球上的情形，也變得愈來愈壞。」

我激動地說：「既然你們當初決定把自己造成的『*邪惡分子*』全送到地球去，不想他們影響你們的生活，現在為什麼又要去主動消滅他們呢？為什麼不繼續讓他們*自生自滅*？」

領導人和C的父親互望了一眼。

C的父親說：「我們又經過了一些日子的進化，目前我們最關心的，不單是自己或別人，這些其實都是很渺小的，我們變得愈來愈關心整個宇宙。」

「這是什麼意思？」

「我們當年的決定，造成了一個更大的錯誤——」C的

父親吸了一口氣，再說：「**就是污染了地球！**」

我「啊」地驚叫了一聲。

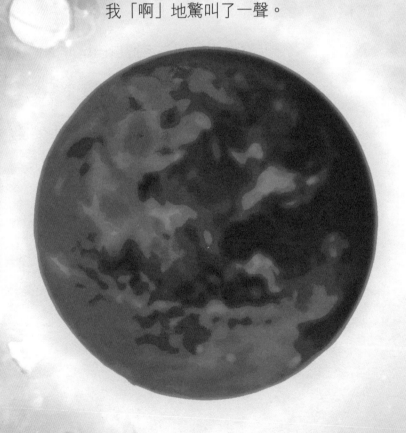

　　他繼續説：「我
們的第一個錯誤，是
意外製造了那批有
邪惡思想的人。第二個錯誤，就是把他
們驅逐到 地球 去，讓他們
自生自滅去受苦。因此，又造成了更
大的一個錯誤，就是把原本美麗純潔
的地球污染了，不止是環境上的污染，
還有精神上、道德上的污染，使地球變成了一個
骯髒邪惡 的星體。」

　　領導人接着説：「所以我們有責任撥亂
反正，把我們在地球上所造成的
污染，徹底清除。」

　　對於這一點，我覺得自己也無話可説了，
只問：「你們已經決定了這個做法？」

　　「目前只是初步的想法，一切細節仍在討論之中。」領導人說：「相信我們已經解答了你的 **疑問**，至於你是否願意留下來，就由你自己來抉擇吧。」

　　我幾乎不用考慮，只是嘆了一聲，「如果我只有一個人，我一定願意留在這裏。但是在地球上，有一個人在等我，我一定要回去。**和她一起經歷生老病死，才是我最大的願望。**」

　　他們對我的回答感到很驚訝，領導人急忙說：「好的，我們尊重你的決定，你耽擱得太久了，該盡快回去！」

　　我並不覺得耽擱了多久，感覺還不到一小時，但C提醒我：「這裏和地球上時間的比例是**一比五萬。**」

　　我立刻驚叫起來：「**快送我回去！**」

　　我腦裏立刻計算着，在這裏耽擱了一小時，在地球，已是五萬小時了，**將近六年了！**

　　他們連忙用一輛樣子很奇特的車送我回到原來的建築物，按他們的指示，坐上了透明罩子下的那張椅子。

　　這時，我不禁**擔心**地問：「隔了六年之久，我原本的身體……」

　　Ｄ笑道：「放心，那金屬箱子能將你的身體保養得很好。」

我鬆了一口氣，向他們作了一個手勢道別。透明罩子隨即罩了下來，然後我的頭髮 *向上豎起* ，我感到自己在無數的通道之中，脫離了這個肉體。接着又是一個個光環，和來的時候一樣，在光環組成的 *光巷* 之中前進。

然後，我又有了實在的知覺，我睜開眼來，發現自己躺在那箱子中，頭髮正漸漸平復，箱子外是一種**奇異的光芒**。箱子隨即移動，來到了那間充滿柔和光線的石室之中，就在那時，**我看到了白素！**

白素的臉色極蒼白，而且十分憔悴，當她看到箱子移出來的時候，全身都 *發着抖* 。

箱子上的透明罩子自動揭開，我坐起來，盡量鎮定地說：「是我，我回來了！」

白素向我撲了過來，我連忙握住她的手。

她足足望了我好幾分鐘，確定我不是**幻覺**之後，才鎮定下來，「你去了那麼久！」

我感到無比歉疚，「在那邊只不過是一小時。」

白素嘆了一聲，「**在這裏，快六年了！**」

她又說：「這裏就是我的家，**國王**一直在照顧我。不知多少次，我已經想放棄了，但是我知道，你一定會回來的！」

「是的，我一定會回來。」

白素深深地吸了一口氣，這一刻，身體終於支持不了，昏了過去！

而就在這時，石室裏那不男不女的聲音又傳了出來：「這裏將在十分鐘後**毀滅**，請趕快離開。」

我立刻揹着白素逃出那七層石室，走了出來。我又看到了地球上的**天空**，和那種令人感到不舒服的氣候。

一上了地面，白素也醒來了，我立即提醒駐守着的軍隊撤離石室範圍。當我們上了軍車，駛出了兩三公里後，便看到那七層石室的所在處，突然冒出了一道由**塵土**

組成的柱，直上半空。幾乎過了十分鐘，塵土才落回地上。

我知道，那七層石室，已經不再存在了。

在車上，白素向我講述我跌進那金屬箱子後的情況，「箱子移動得極快，一下就移進了暗門去，我不知用了多少方法，想將暗門打開，但都不成功……」

我們很快就被送到皇宮，我將我在那邊的情形，向白素和國王講了一遍。

國王聽完後，苦笑道：「你猜他們什麼時候進行那個計劃？」

我搖頭道：「我不知道，如果他們需要討論一個月，那麼我們這裏，又已過去四千年了！」

國王嘆了幾聲，看他的樣子，似乎以後也不願再提起這件事。

而儘管地球骯髒，充滿**邪惡**，不適合人類居住，

但我和白素依然在這個地方一起生活着，從沒後悔。（完）

案件調查輔助檔案

履險如夷

雖然與白素失去了聯絡，但我並不十分擔心，因為白素的應變能力在我之上，連在黑軍族中都能**履險如夷**，應該沒什麼可以難倒她。

意思：指走在危險的地方就像走在平地一樣。

若無其事

柏萊立刻調轉刀柄，將巴因打昏，拖進一條小巷子中，然後迅即**若無其事**地又走了出來。

意思：形容好像沒有那麼一回事似的，或是形容不動聲色或漠不關心的樣子。

絕無僅有

小姐，歡迎你來到尼泊爾。你可想買一件尼泊爾古物？那是**絕無僅有**的，再也不會有了！

意思：只有一個，再沒有別的，形容非常稀有或珍貴。

自生自滅

由得他們**自生自滅**吧。我相信我們四人已經留下了深遠的影響，就看他們自己能不能覺悟了。

意思：形容任其自然，無人過問。

怒不可遏

但柏萊依然**怒不可遏**，向我發出了一連串惡毒的咒罵。

意思：憤怒得難以抑制，形容十分憤怒。

當頭棒喝

白素對我**當頭棒喝**，「就算進了石室，他也不能回去！像他那樣的人，如果可以回去的話，那麼當年也不會有遣送這回事了。」

意思：指使人醒悟的手段或給人嚴重警告。

令人髮指

大臣憤恨地說：「對，他殺了巴因，而且行兇手法之殘酷，簡直**令人髮指**！」

意思：形容使人極度憤怒、厭惡或恐懼。

鍥而不捨

國王真不愧為謙謙君子，他笑道：「我很佩服你那種**鍥而不捨**的精神。請坐，過去的事別提了，我想和你作一次長談。」

意思：比喻有恆心。

開門見山

這時，書房中只有我們三個人了。國王**開門見山**說：「衛先生，你介意將這件事從頭到尾告訴我嗎？」

意思：比喻說話或寫文章直截了當談本題，不轉彎抹角。

巨細無遺

我從利達教授託我幫他找兒子說起，**巨細無遺**地敘述。

意思：指大小都沒有遺漏。

驚世駭俗

我們所知道的一切太**驚世駭俗**了！如果世上每個人都確知他們是從某一個天體上來的，在那裏，人可以永生，那會引起什麼樣的混亂！

意思：指人因思想、言行等異於尋常而使人感到震驚。

專橫獨斷

溝通的語言都是虛偽和不真實的，人人只顧追求權力，**專橫獨斷**，失去了公平和正義。

意思：行事專斷，不考慮別人的意見，形容作風不民主。

彌留

當他**彌留**之際，醫生和他的親友都圍在他的牀前。

意思：人病重將死的狀態。

見機行事

我想了一想，「先將電筒關掉，進去後才**見機行事**。」

意思：看準時機立即辦事。

樂極生悲

我一面說，一面伸手捏她臉上的相關部位，可是卻**樂極生悲**！

意思：高興到極點時，發生使人悲傷的事。

千絲萬縷

我一定要回去！你們不明白，我是地球上的人！在地球出生，在地球長大，和地球有**千絲萬縷**的關係！

意思：形容兩者之間密切而複雜的聯繫。

衛斯理系列 少年版 07

頭髮 下

作　　　者：衛斯理（倪匡）

文 字 整 理：耿啟文

繪　　　畫：余遠鍠

助理出版經理：周詩韵

責 任 編 輯：蔡靜賢

封 面 及 美 術 設 計：BeHi The Scene

出　　　版：明窗出版社

發　　　行：明報出版社有限公司

　　　　　　香港柴灣嘉業街 18 號

　　　　　　明報工業中心 A 座 15 樓

電　　　話：2595 3215

傳　　　真：2898 2646

網　　　址：http://books.mingpao.com/

電 子 郵 箱：mpp@mingpao.com

版　　　次：二〇一九年十月初版

　　　　　　二〇二〇年六月第二版

　　　　　　二〇二二年七月第三版

I S B N：978-988-8526-70-3

承　　　印：美雅印刷製本有限公司